글 송윤섭

아동문예문학상에 동화가 당선되면서 글을 쓰기 시작했어요. 아동출판사 편집장으로 근무하며
다양한 어린이 책을 만들었고, 현재 출판기획모임 YNT의 공동대표로 일하고 있어요.
지은 책으로는 《책 속으로 들어간 공룡》, 《책 만드는 마법사 고양이》, 《네가 행복하면 나도 행복해》,
《세상에서 가장 위대한 이야기》, 《세종이 사랑한 과학자, 장영실》 등이 있어요.

그림 백명식

강화에서 태어나 대학에서 서양화를 전공했고, 중앙광고대상과 한국일보 선정 올해의 일러스트상을 수상했어요.
지은 책으로는 《김치네 식구들》, 《젓갈네 식구들》, 《장가네 식구들》, 《울 엄마 어렸을 적에》, 《뭘까?》 등이 있으며,
그린 책으로는 《민들레 자연 과학 동화》, 《책 읽는 도깨비》 등 책 귀신 시리즈 외 여러 권이 있어요.

 글 송윤섭 그림 백명식

초판 1쇄 펴낸날 2014년 9월 29일 **초판 5쇄 펴낸날** 2025년 1월 2일
펴낸이 김병오 **펴낸곳** (주)킨더랜드 **등록** 제406-2015-000037호
주소 경기도 파주시 회동길 512 B동 3F **전화** 031-919-2734 **팩스** 031-919-2735
제조자 (주)킨더랜드 **제조국** 대한민국 **사용연령** 5세 이상

화가 날 때도 있지

글 송윤섭 · 그림 백명식

킨더랜드

얼굴이 붉으락푸르락,

심장이 벌렁벌렁,

콧바람이 풍풍풍,

너 화났구나?

크게 한번 숨을 들이마시고

'후우!' 하고 내뱉어 봐.

그리고 왜 화가 났는지 가만히 생각해 봐.

엄마가 잔소리해서 화가 났다고?

텔레비전 많이 본다고,
방을 어질러 놓고 안 치운다고,
놀기만 하고 숙제 안 한다고
잔소리해서 화가 났다고?

그래, 괜찮아. 화가 나는 게 당연해.
좋은 말로 해도 다 알아듣는데
왜 엄마는 버럭 화를 내실까?

이제부터 이렇게 해 보자.
해야 할 일 먼저 하고 실컷 놀기.
그리고 엄마한테 이렇게 말해 봐.
"엄마, 화나게 해서 미안해요."
그럼 엄마가 이렇게 말할 거야.
"아니야, 나도 화내서 미안해."

엄마가 친구랑 비교해서 화가 났다고?

그래 다른 사람이랑 비교하면 화가 나지.
안 그래도 무엇이든 나보다 잘해서
샘이 나 죽겠는데,
엄마는 꼭 그런 아이랑 비교하거든.
엄마는 그럴 거야.
"너도 네 친구의 좋은 점을 좀 배워 봐."
그럴 때는 이렇게 말해 봐.
"네, 엄마. 저도 배우려고 애써 볼게요."

엄마를 꼭 껴안고 한마디 더 해 봐.

"엄마, 그래도 비교는 하지 말아 주세요."

어른들이 무시해서 화가 났다고?

"어린아이가 뭘 안다고 나서는 거야?"
"어른들 얘기하는 데 끼어드는 거 아니다."
이렇게 어른들은 가끔 아이들을 무시하기도 해.
그러면 너무너무 화가 나.
어린이가 어른들보다 더 잘 아는 것도 많은데
어른들은 자꾸 끼어들지 말라고 하지.

그렇지만 불쑥 끼어드는 건 예의가 아니야.

이제 이렇게 해 보면 어떨까?

"죄송한데요, 제 생각을 말씀드려도 괜찮을까요?"

친구가 뒤에서 욕을 해서
화가 났다고?

누구나 그런 일을 겪으면 기분 나쁘고 화가 나지.

하지만 그럴 때는 화부터 내지 말고

그 말을 한 친구에게 정말인지 물어봐.

네가 잘못 알아들었는지도 모르잖아.

그런데 만약 정말이라면 친구에게 따끔하게 말해.

"다음부터 내가 잘못한 게 있으면 나에게 직접 말해 줘."

동생이 짜증 나게 해서
화가 났다고?

뭐든지 자기 맘대로 하려고 하고,
아끼는 물건을 마구 망가뜨리고,
게다가 못하게 하면 엉엉 울어 버리는
그런 동생은 차라리 없었으면 좋겠다고?

그럴 때는 이렇게 생각해 보면 어떨까?

"만약 내가 동생이라면 나는 어떤 형을 원할까?"

친구가 괴롭혀서 화가 났다고?

싫어하는 별명을 부르며 놀리고,

괜히 툭툭 치며 못살게 구는 친구가 있구나.

그런 친구에게는 네가 화났다는 걸 분명하게 보여 줘야 해.

그러니까 겁이 나고 떨려도 용감하게 말해.

"기분 나쁘니까 다시는 그러지 마!"

선생님이 오해해서 화가 났다고?

넌 잘못한 게 없는데 선생님께 혼나면
속상하고 화가 나는 건 당연해.

하지만 선생님이 특별히
네가 미워서 그러셨을까?
선생님이 잘못 아시고
실수하신 건 아닐까?

그럴 때는 화가 나더라도 선생님께 잘 말씀드려.

"그건 제 잘못이 아니었어요."

아빠가 약속을 안 지켜서
화가 났다고?

약속한 장난감을 안 사 주셨니?
놀이공원에 가기로 한 약속을 안 지키셨어?
아빠가 약속을 안 지킨 건 분명 잘못이야.
그러니 네가 화가 나는 건 당연해.
하지만 아빠도 약속을 못 지켜서
무척 미안했을 거야.

아빠는 널 무지무지 사랑하지만 항상 바쁘시잖아.

그러니 화를 한 번만 참고 웃으면서

이렇게 말씀드리면 어떨까?

"아빠, 다음에는 꼭 약속을 지켜 주세요."

'나는 참을성이 없는 아이야.'
'나는 속이 좁은 아이야.'

화가 난다고 스스로 이상하게 생각하지 마.
누구든 억울한 일을 당하거나
일이 내 마음대로 안 될 때는 화가 나는 거야.
엄마도 아빠도 화가 날 때가 있어.
선생님도 친구들도 화가 날 때가 있어.
화가 나는 건 아주 자연스러운 일이야.

화가 나는데 무조건 참는 건 좋지 않아.

화가 날 땐 화가 났다는 걸 알려야 해.

화를 안 내고 참기만 하면
마음속에 화가 쌓여서
엉뚱한 곳에서, 엉뚱한 사람에게
폭발할지도 몰라.

그러니까 화가 났을 땐

'난 지금 엄청 화가 났어.'라고

자신의 감정을 솔직하게 인정하고,

나를 화나게 한 일이 무엇인지 가만히 생각해 봐.

그런 다음 어떻게 하면 좋을지 잘 생각해 봐.

너무 걱정할 건 없어.

때로는 아무 일도 없던 것처럼 금세 풀리기도 하니까.

화가 난다고 물건을 부수거나
남을 해치는 행동을 해서는 안 돼.
화가 난다고 다른 사람에게 피해를 주면
서로 마음만 아프게 될 거야.
화가 날 때는 빨리 그 자리에서 벗어나는 것도
좋은 방법이야.

화가 나서 견딜 수 없을 때도 있을 거야.

아무리 마음을 가라앉히려고 해도

너무 화가 나서 그럴 수 없을 때 말이야.

이렇게 혼자 해결하기 힘들 때는
부모님이나 선생님에게 도움을 청해 봐.
모두 너를 무지무지 사랑하는 분들이니까
틀림없이 너를 도와주실 거야.

화를 이기는 방법에는 또 어떤 것이 있을까?
화나게 한 상대방을 먼저 용서하는 거야.

용서는 화를 지우는 멋진 지우개거든.

화가 나도 괜찮아!

화가 나는 건 이상한 게 아니야.

화가 나는 건

우리 마음속에 생기는

아주 자연스러운 감정이란다.